숲의 울기

윤연리 시집

손의 온기

윤연리 시집

초판인쇄 / 2018년 5월 1일
초판발행 / 2018년 5월 10일

지은이 / 윤연리
편집주간 / 배재경
펴낸이 / 배재도
펴낸 곳 / 도서출판 작가마을
등 록 / (제2002-000012호)
주 소 / (48930)부산시 중구 대청로 141번길 15-1 대륙빌딩 301호
      전화: 051)248-4145, 2598 팩스: 0510248-0723
      전자우편: seepoet@hanmail.net

정가, 10,000원

국립중앙도서관 출판예정도서목록(CIP)

손의 온기:윤연리 시집 / 지은이: 윤연리. -- 부산:작가마을, 2018
p. ;   cm
ISBN 979-11-5606-101-4 03810 : ₩12000
한국 현대시 [韓國現代詩]
811.7-KDC6
895.715-DDC23   CIP2018012501

※ 이 도서의 국립중앙도서관 출판예정도서목록(CIP)은 서지정보유통지원시스템 홈페이지
(http://seoji.nl.go.kr)와 국가자료공동목록시스템(http://www.nl.go.kr/kolisnet)에서
이용하실 수 있습니다.(CIP제어번호: CIP2018012501)

숲의 울기

윤연리 시집

‖ 차례 ‖

제1부

숲의 온기

제2부

윤연리 시집

제3부

숨의 울기

제4부

윤연리 시집

제5부

숲의 올기

제 **1** 부

상처에 대하여

돌아오지 말거라
돌아올수록
상처는 비리다

모듬 살이
돌고 돌아
저뭇한 가을밤에 닿았나니

그 어떤 것으로도
돌아오지 말거라

코피

난데없이
홍매 하르르 쏟아지누나
흐르는 빛깔 어찌 못해
하늘 올려다보니
희음 한 가락
놀고 있더라

다솜

얼음 달 눈부실 제
꽃불 피운 영산홍

늦된 것엔 뜻밖의
절절한 얘기가 있는가?

한 송이 불길만으로
삼동을 어찌 돌려 세울 수 있느냐?

애처로워라!
애처로워라!

*다솜: 애틋한 사랑

순수한 기쁨

붉은 사과 한 개를 냉큼 베물었다
단맛이 실로 기막히다
성급하였으므로
입안의 혀
깨물고 말았네

헉, 사과처럼 붉은 피다

17

순간의 순간

…하필
레하드의 '금과 은의 왈츠'가 흐르고
가을에는 부지갱이도 덤벙인다는
속담도 있듯이
늦은 밤 도저히 집안에 머물 수 없어
선뜻 산책길로 접어드니
개구 진 걸음에 옛날이 조분조분
따라오고 있었다
사진 속에 틀어박혀 있던 청춘이
느닷없이 고갤 디밀기도 하고
달과 별들이 매화 향기로 코끝에 머물기도 한다
말이 필요 없는 가을밤이다
만월의 보름달도 볼 만하지만
이지러지고 있는 달도 나쁘지 않다
길을 걸을수록 기도는 짧아지고
삶은 가뿐하다
집으로 돌아오는 길,
슬그머니 바짓단에 붙어온 단풍잎을 보며
눈으로 '사랑' 이라고 쓴다

사랑에 대하여

오래 전
시인들의 축제가 무르익어 가던
경주의 봄밤,
그녀는 술에 취해 담담히 애길 했지요
'이 세상에 사랑은 없노라고'
그런데 그때 난 마음속으로 중얼거렸습니다
'아니다, 아니지, 왜? 그럴 리가 없는데'
그리고 세월의 웃픈 더께를 확인하며
간신히 말할 수 있었지요
어쩌면
남녀 간의 사랑이란 게 열기 식고나면
연탄재의 구멍 같은 허수한 깊이만 남아
뻔해지기도 하겠지만
사랑도 때가 있기에
그 때를 잘 모셔서
마음을 굳히는 것도 사랑이 편안해지는
길이란 생각도 하였습니다

다들 행복하신지요?

손의 온기

주검의 공포에 직면한 순간
기대고 싶었던 존재는
하느님과 사람이었다

촌각을 다투는 앰뷸런스 안에서
두려움과 드잡이하며

누구라도 좋으니
손만 잡아주어도 살 것만 같았던
절박했던 그 생생함을 어찌 잊겠는가?

아하, 애시럽고 애시러운
떠돌이 길!
구름밥에 내돌려
뿔뿔이 섰는 이들에게

써래질 하듯 다가가
그니는
가느슥히 손을 내민다

한결같이 버티며, 이슬 세상에서
서러웁지 말자고!

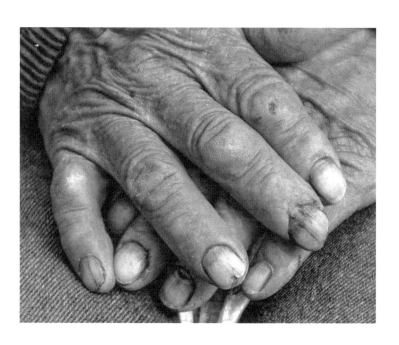

지기

그러니까
사오십 년쯤 되었나 보다
오로지 나와 함께 한 세월이

겉과 속이 바래고
볼썽사납게 너덜너덜 해졌으니 말이다

'국어대사전'

아쉬우면 곧장 달려갔던 길
손 때 묻은 모서리가
찢기고 낡아서
떨어져 나간 것만큼
나 또한 젊지 않구나

고맙고, 고맙다!

덩굴 a vine

정해진 길이 있다고 믿었다면
더부살이로
얽히지 않았을까?

함께 해서 좋았다고
행복했다고
다독이는 말 한 마디면
충분할 텐데

가는 곳 어디서나
찬밥이다

본능에 진절머리 치는
가혹한 배반이여!

목숨

언제든 지상에서 속절없이 뽑힐 수 있는 풀

믿음

위태롭고 곤란한 세상살이에서
저만의 옹달샘을 지닌 자는 안온하다

부탁

제발 그러지 마라
산다는 것은 불안정함으로
살아내는 일이 아니더냐
고통 속에서도 머리카락은 자라고
걷다보면 변하는 것들과 더불어
봄의 심장소리 쓰다듬는 날도 온다
절망에 빨대 꽂아 섣불리 배부르지 말고
한계限界의 금을 풀어 굶주릴 일이다
그 분이 안 계신 것만 같고
내일이 돌아앉아 있을 것만 같아도
뜬금없이, 준비 없이
엉뚱한 길도 길이 되어 오더라
그러므로
애달지도 말고
포기하지도 마라

계절은 길을 잃지 않는다

추워지자
서둘러 여민 옷섶을
굳이 열어젖히고픈 날이 있더라

가을 끝자락 어디쯤에서
굳어진 외로움,
그 마디로 쌓아올린
나의 고독은 얼마나 멋쩍기에
갈마들며
밤의 고요를 갉아 먹는가

까막까치의 집으로 서 있는 나목
여행을 떠난 바람

조만간
동백꽃 피면
삭풍에 숨죽인 매화도 찾아오려나

흥 geration

눌러서 가라앉을 신명이라면
애당초 반기지나 말지

눈감고 벅구춤 출 바엔
종이새로 앉았거라

우쭐이는 넋

버스킹 뮤지션 음악에 맞춰
반딧불이 한 마리

가을밤에 취한
바닷가, 광안리

무상 uncertainty

기막혀라
불꽃놀이의 축제가 끝난 뒤
쏟아진
시퍼런 적막 좀 보소

눈물꽃

눈물이 메마른 사회야말로 위험하다
눈물은 덩어리가 되게 하는 힘이다
치열하고 비열한 세상살이가
혼자 겪는 앰한 일이던가?
눈물을 만나면 함께 울자
눈물에 기대다 보면
세상도 아름다워질지 누가 알겠는가?
눈물은 꽃이다
당신의 눈물과 나의 눈물이 만나면
꽃이 된다
꽃자리가 된다

삶의 흔적은 냉정하다

시^詩가 되어버린 생애

그대

그대는 누구십니까?
광활한 하늘에 핀 구름 꽃
산그늘에 내려앉는 고요함
부르지 않아도 들리는 노래
덧입지 않고는 못 배기는 따뜻함
붉은 피로 적신 구원으로 다가오는 꽃날입니다

우리는 누구입니까?
중심이 생겼다가도 흔들리는 억새
익을 때를 기다리지 못해
떨어지는 열매
모든 순간이 향기임을 뒤미처 아는
청맹과니

허탕 치며 물만 밥을 삼키더라도
자기다움으로
매일 죽고, 매일 살아
선연히 그대를 향하게 하소서!

제2부

꿈길

영혼이 수줍은 밤엔
하이얀 달도 수줍다

더듬고 더듬어
찾아가는 시린 세상길

꽃눈에 피어오르는
불숭어리!

봄

오시는 길이
수월하기만 하다면
봄 일리가 없지

풀려야 할 것들이 풀리고
애달복달
꽃자리로 오시지

봄 아닌 봄도
견디며 살았구나!

꽃샘바람

들며나며 노는 꼴이
탄탄한 사내 등판에
넙죽 업힌
물오른 계집의
엉덩짝 같아라

찬란한 슬픔

화창한 봄날
벚꽃 비 흩날리는 나무 아래서
한 발자국도
움직일 수 없었네

아아,
그리움은 무시 못 할 가슴앓이다!

초심

언덕에 올라
소나무 쓰다듬어 보니
어제의 푸름이
오늘과 다르지 않네

다시 맥문동

하늘이 제대로 보이기 시작한 무렵
겨울이 가고 있음을 알았네
풀죽은 잎들이 고갤 빳빳이 들고
꽃날에 대하여
흙에 묻곤 하였지

봄비 내려 젖지 않는 것 없고
봄바람 불면 웃지 않는 꽃 없듯이

살그머니

새벽이슬에 몸 담글 수 있다는 건
행운 아니더냐!

꽃 도둑

눈으로 훔치고
마음으로도 훔친
서리 앉힌 국화

오뉴월 바람 분 뒤

철들 무렵부터
세상을 만만히 생각거나 그렇다고
필요 이상으로 두렵게 여기지 않았으므로
살아온 날이 그리 후회스럽지 않습니다
인생의 봄과 여름, 가을을 겪고
마침내 겨울행 기차에 올랐습니다
겨울의 사전적 의미는
가을과 봄 사이의 사철 중에 가장
추운 계절이라고 적혀있더군요
몰라서겠습니까?
겨울다운 겨울을 마땅히 껴입고
책갈피에 끼운 나뭇잎처럼
물기 가뿐히 넘어서길
기도할 뿐이지요

엇결

가족을 만들고자 뿔뿔이 흩어지는
민들레 홀씨나
달빛이 잠시 붙들고 있는 호수나
그 달빛 곁눈질에 흔들리는 달맞이꽃이나
천리향 내음에 묶인
암묵의 사랑이거나
겨울이면
고스란히 드러나는
눈꽃의 아름다움이거나...

여름·바다

사나운 갯바람에 무섭게 짖어대는 강아지풀

만추

깜짝이야 !
굳이
설명하려고 하지마라

짜증 만발이다

탐색

나무 잎사귀가 힘이 있으면 얼마나 있을까?

낙엽

땅에 떨어져 누웠음에도
노래를 중단하지 않는
너는

우리 모두의 간절함 같은 것이더냐?

툭툭 바람의 발길질에
못내 흙으로 돌아가는 생이여!

낙엽은 떨어진 잎이다

겉멋 든 시와
겉멋 든
시인노릇은
모골이 송연해지는
모자람이다

사랑 1

고양이 한 쌍
가을 땡볕에 뺨
부비부비!
하~트 뿅뿅!

사랑 2

잡아둘수록

빨리 달아나는 시간을

사랑이라고 부르자

사랑 3

겨울비 속,
한 개의 우산에
어깨 잡이로 부둥켜안은
절절한 불덩어리!

제3부

맞닥뜨림

망각하지 않았다 생생한 부끄러움을 −

애착 1

들여다볼수록
거울 속의 내가 더 그립구나

애착 2

나이가 들어 호호백발이 되어도
그럴싸하게 보이고 싶어 하는
사람이라는 동물

감동예찬

재래시장으로 통하는 샛길 쓰레기 더미에
분꽃이 근사히 피어있네요
가던 걸음 멈춰
하릿히 바라보았지요
활짝 웃고 있는 모습이 너무 기특해
순간 흔들렸습니다
외롭고 막막했을 시간을 딛고
작은 나팔을 불기까지
허갈지게 애가 탔겠지요
바라건대
씨앗 영글기까지
심통 사나운 이가 넉걷이 할 수 없도록
하늘에 기대 봅니다
4시 꽃 'Four O clock flower'

내리사랑

세 살 된 아기에게
밥을 먹여주고 있는
엄마가 된 딸

그 딸 곁에서
상추쌈 볼 터지게
한 입 가득 쑤셔 넣는
할매가 된 엄마

사랑은
내리사랑이더라
피 땡기는
찐득찐득한 사랑이더라

사무사

텅 비우기 위해
버둥질로
고단한 하품

마음의 낯섦

데면데면 보았던 사물이
화들짝 놀라며 다가올 때가 있다
찌-엉 하고
건성의 의식이
노박이가 되는 순간이다

헛기침

보이는 것과 보이지 않는 것의 간극

끄트머리

떠나는 여름
사 나흘 만에 기가 꺾인
매미목청

나이 듦의 자리 1

꽃 중년만 있는 게 아니라
꽃 노년도 있다
육신은 비록 쇠해 백발과 잔주름이
한 몫 하지만
마음만 먹으면 얽매이지 않을 여유와
살아오면서 겪은 것들로부터의 울음은
허접지 않기에
자주 엎드려 자연을 노래할 수 있는
오늘이 좋아라
너그러움으로 마주 할 수 있는
어긋난 하루도 축일이어라

나이 듦의 자리 2

변하고 성장해가는 자신을
만날 수 있는
쌓임의 자리가 노년이구나

봄은 남쪽으로부터 오고
단풍은 북쪽으로부터 오듯이

내려놓음은
허망한 마음으로부터 오더라

생명은 어떻게 돌아오는가

절망은 죽음과 맞먹는
차가운 살점

어느 날
검은 봉지에서 싹을 틔운 고구마가
길고양이의 도둑걸음으로

어둔 터널을 빠져나와
핏기 도는 삶을 쟁취하고 있었으니

생명력은 눈물겹다 못해 숭고한 것인가?

게으름

오늘 하루
푸른 민달팽이가 되고 싶어진다
심해의 푸른 민달팽이가

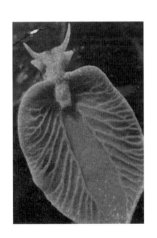

따뜻한 무관심

여름철
우리들의 입을
시원하게 하는 과일 수박
시원하고 수분 많은 게 특징이지
먹을 때 촘촘히 박힌 씨가
귀찮기도 하지만
요즘 씨 없는 수박이 나와서
먹기 훨씬 수월해졌지
사람 입장에서 보면
이보다 더한 여름살이 과일이
있을까만
한편으론 수박의 눈물이란 생각도 들고—

일본의 하이쿠 시인 잇사
'죽이지 마라
파리가 손으로 빌고
발로도 빈다.'고 했는가?

굴 cave

어느 정도 세월을 삭혀온 사람에겐

자의든 타의든

오래 머물고 싶은 굴이 잇기 마련

잔상

바람도 정도껏 불어야지
우산이 뒤집히고
치마가 얼굴을 냉큼 덮어
난처한 일이 벌어졌으니
참으로 당혹스러웠지
누가 볼세라 얼른 치마를 내리긴 했지만
얄밉고 괘씸한 바람을
끝끝내 혼내 줄 수 없었네

미국의 섹스심벌이었던
메릴린 먼로의 포즈를 얼떨결에 할 수 있었다니
대~박!

고향은

1
학동 바닷가에서
빛나지 않는 몽돌은 없더라

문대고 문대어
반들거리는 얼굴들이
가슴에 가슴을 얹고 누워
사그락사그락 물결에 휩쓸리며
수더분하게 엎드려 있더라
낮은 곳에서
만물과 하웃히 놀고 있더라

2
장승포항에서 몇 십 분이면 지심도의
동백 군락지를 만날 수 있다
예나 제나 들썩이는 갯바람
뱃길로만 꿋꿋이 남지 못하고
섬 아닌 섬으로
물벅구질만 일삼는
고향 거제도는
아픈 손가락이다

초라해지는 날

눈을 뗄 수 없을 만큼
절창인 시詩를 만나면
감탄이 절로 나온다
시어를 만지고 다듬고 한계와 도전을
거듭하며
몇 날 몇 밤을 앓았으리라
가슴에 깊이 품고
또렷한 얼굴이 되어
세상에 나오기까지
시인은 시에서 도망칠 수도
자유롭지도 못하지

나이와 상관없는
명시의 천재성에 풀이 죽는
나의 졸작들이여!

제4부

나이의 무게

돌이켜보건대 유년기를 벗어난 후
힘들지 않았던 나이란 없었음을
새해 들머리에 다시 느낀다

환풍기 1

삼백 예순 다섯 날
하루도 쉬지 않고 돌고 도는
아파트 옥상의 환풍기 날개는
제 정신이 아니다
쉼이 없는 것도 모자라
새똥까지 덤으로 묻혀
저물녘과 상관없이 뱅뱅 돌고 있으니

제기랄, 어지러워라
매일 마주 보는 것도 힘들다

환풍기 2

또 처다보고 있네
대놓고
그래, 허벌나게 내 길 가고 있다
누군 돌고 싶어
뺑뺑이 치는 줄 아느냐
안돌면 죽음인데
절박하지 않으면
이러쿵저러쿵 떠벌리지 마라
여름 오기 전 이미 초죽음이다

일상의 강 1

바람에 흔들리는 나무들
그 중에서도 유독 흔들리는 나무가 있더라
뿌리를 땅에 깊이 내리우지 못했든지
아니면 실오라기처럼 가느다란 가지 때문인지
들까불며 정신없이 내몰리는 모습을 보노라면
안쓰럽고 참담해졌기 때문이다
큰 바람과 작은 바람이
어떻게 희롱하든 나무나 사람이나
잘 버텨야겠지만,
어찌 장대높이질로 코 앞의
어려움을 건너 뛸 수 있겠는가?
'대숲이 빽빽해도 물을 막지 못하고
구름은 높은 산을 탓하는 법이 없다'고 했듯이
우죽거리지 않고 앞으로 나아갈 뿐

일상의 강 2

검은 머리카락이
점점 하얗게 변해가고 있군요
백발이 되어 간다는 것이 먹먹하다거나
그리 안타깝지 않습니다
누구에게나
공평한 인생의 선물이기에
일부러 염색을 해서
늙음을 속이긴 싫습니다
마침 레디오에서는
'여름날의 세레나데'가 흐르고 있군요
바닷가 갯바위에서 들으면 금상첨화지만
집에서 감상해도 나름 괜찮습니다
트럼펫소리에 지난 여름날들이 출렁이네요

역발상의 미학

밤이 깊은 고궁에서
한복을 곱게 차려입은 숙녀가
스마트폰을 손에 쥐고 푹 빠져있다

사랑둥이 1

추석명절 때
아빠 엄마 따라 왔던
손자 재혁이
멀리 있기에 자주 보듬어주지도
못했는데
할미 속사랑 눈치 채고
가던 길 다시 돌아와
품에 안겨 우는 사랑둥이야!

뻘짓거리

열 받을수록
얼굴과 양 팔을 가차 없이
흔드는 플라스틱
판다곰

하루는 열 받지 못하도록
그늘로 자리를 옮겨놓았다

왠 종일
푹 쉴 수 있도록

생명이 없는 것들도
쉼이 필요하고
보살핌이 필요할 것 같아서…

매일 볼 때마다
신기하고 재미 져서
웃음보가 터진다

반응 antagomism

으스름이 내리면
잽싸게 잎을 오므리는 식물이 있다
익숙한 어둠에 반응 하는 것이리라
그러면 어떤 가
하루살이도 살고 싶어
떼 지어 시간 엎지르는데

파타이 마토스 Patai Mathos

물도 마시면 꿀맛 같은 온도가 있더라!

*파타이 마토스: 고생을 통해 얻은 지혜

표면과 심층

누구도 보지 못한 체
깊어지는 강물

장난기

버스가 정차할 곳에서 멈추지 않고
지나치려 하자
출구에 서서 내릴 사람은 정작
아무 말이 없는데
생면부지의 사람이 앉아서 다급히 외치더라
'내린다고 하는데 문 열어 주세요'

사랑둥이 2

재미삼아 놀이삼아
밥상에 행주질을 하고 있든
네 살 된 손녀 지우에게
할미가 툭 내 뱉는다

'반찬도 갔다놓으렴'

그때 냉큼 되받아치는 말

'나만 시키냐?'

멍울

날 저무는데
만나고 싶은 사람들
너무나 멀어라!

똑같은 날은 없다

홀로 길을 걷거나 책을 읽거나
사람들의 행동거지를 보면서
나무늘보의 표정이 될 때가 많다
뜬금없이
맥주집 상호 아래
"내일은 안주 무조건 공짜"라거나
'알파고를 이기는 방법은
전원 플러거를 뽑는 것'이란 말을 곰삭이며
전철을 탄 뒤 심심찮게
사람들의 모습을 눈여겨보다가
한 사람과 이유 있는 눈싸움을 하고
서둘러
거꾸로 매달린 나무늘보의 태연한
얼굴이 되곤 하였지

행운목

얼추 삼십 여년 같이 산 행운목이
모르는 사이
아기 행운목을 세상에 올렸습니다
소중한 것을 선물해 주었네요
생각지도 못한 기쁨에
내도록 감사하고 있습니다
사람이든 식물이든
인연의 골은 참으로 깊고 깊은 것 같습니다

돌고 돌아 온 길

사랑하는 이여,
고단한 세상살이에 지치거든
고무신 놀이를 해보지 않겠는 지요
신고 있는 신발이 헐거울수록
머얼리 날아가는 놀이를

독생독사

슬픔에 진 후
울 곳 찾던 그날 그 때도
나만의 어제

힘이 되지 못하고
밥도 되지 못하는
시를 먹고 사는 것도

오늘 나만의
거룩한 식량

한 걸음의 여유

– 만나하우스

겨울입니다

싸대기 바람은 유독 가난한 독거노인들과

잠시 집을 잃은 이웃들을

무척이나 고통스럽게 합니다

그들을 위해 할 수 있는 것이란

일주일에 한번 따뜻한 음식을 만들어

대접하는 일이 고작이지만

집이 없는 형제 자매들이

한뎃잠으로 건강을 지킬 수 있을런지

여간 걱정이 되는 게 아닙니다

이곳 「만나하우스」엔

이순을 바라보는 다섯 살 지능의

창수씨가 있습니다

옹알 웃음이 그의 매력이지요(나비효과도 있습니다)

낙원이 펼쳐지는 시각

지금 이곳은 위로와 감사가 충만합니다

하여,

새봄 맞을 때까지 잘 보호해 주시길

한 분이신 님께 기도드립니다

*만나하우스: 부산진역에 위치한 식당 이름

뜻밖에

별일 아니다
계절이 오고
계절이 간다는 것은

기쁨에 벅차오르던 눈물도
삶에 겨워 몰아쉬던 가쁜 숨도

마른 땅에 떨어져 누운 애기솔방울처럼
별일 아니다

죽고 사는 일 아니면 별일 아니다

제5부

능력 ability

일상 속에

빛나는 진리가 있음을 알고

이따금 몸짓을 불리고 있다면

그대는 날카롭지 않아서 좋다

거북한 것에 무릎 꿇지 않고

예스러움으로

그저 보고 받아 들일 뿐

생기로

면면히 흘러 갈 수 있다면

고개 숙이지 않아도 좋다

삶의 역설

훌쩍 커버린 침묵의
꽃나무 아래
바람이 거친 숨을 헐떡이며 누워 있다

허망한 감각을 깨우치며
피어나는
영혼의 노래

흘러야 썩지 않고
흘러야 노예의 삶을
살지 않듯이

흰 세월에도
젖 이름을 결코 놓지 않음이여!

*젖 이름 : 어릴 때 이름

빈터

햇볕 잘 드는 베란다에 놓인
식물들이
겨울을 나기 위해
추억의 푸른 잎사귀를 떨군다
아쉬움 한 잎
망설임 한 잎…
창문 틈으로 스며드는 냉기를
팔 벌려 견딜힘이 없어 진 겐가?
사랑하기를 사랑한
풀죽음으로 간신히 내뱉는 말
'진작 놓아 버릴 걸 그랬나?'
바늘햇살에 뭉툭한 봄이
영글기 시작하고
저 혼자 애젓턴 연민도 희미해져 가나니

*애젓턴 : 썩 애태우던

신앙심 devotion

껍질 벗어 던지고
기도를 들이킨다
분에 넘치는
내 편이 계심으로
무거운 삶이
새싹처럼 싱그럽다
삶의 가장자리에서
빛나고 있는
믿음으로 말미암아
무르익어 가고 있는
참 생이여!

꽃 그리고 잎

아침 나절
꽃진 자리에
파릇히 돋고 있는
잎을 보았네

봄은
겨울을 어떻게 보냈을까?

꽃이 잎을 불러
가지에 앉히듯
그렇게 보냈을까?

꽃이 잎이고

잎이 꽃인 걸

꽃 지고나니 보이누나

기다리지 않으면 오리라

그대여,
나무가 오만하던가
꽃이 인색하던가
냇물이 옹졸하던가
구름이 고집스럽던가

물끼 듣는* 생생한 땅에서 이 말들이 심중에
헛말로 남아 건들거리지 않기를
발심의 춤사위로
꿈인 듯 생시인 듯
잔지르며* 가는
사람아!

---

*물끼 듣는: 물기가 촉촉이 배어나는
*잔지르다: 흐트러진 것을 차곡차곡 가리고 가지런하게 다듬다.